भ्रम की चमक

कयामत का दिन

सुमीत कुमार

सुमीत कुमार

सुमीत कुमार, एक वयस्क जो जीवन के कई चरणों का अनुभव करता है, एक प्रसिद्ध लेखक और नए युग के लेखक हैं। वास्तव में वह एक लेखक होने के साथ-साथ गायक, कवि, शायर, उद्धरण लेखक, गीत लेखक और एक कलाकार भी हैं। एंकर या स्टैंडअप कॉमेडियन। उनके बारे में बहुत ही रोचक और दिलचस्प तथ्य यह है कि वे नए युग के लेखक हैं यानी उन्होंने अपने लेखन की यात्रा उस उम्र में शुरू की जब वह अध्ययन करने के लिए स्कूलों जा रहे थे। उनकी 100 पुस्तकों की स्ट्रीक महान होगी भविष्य में उनके लिए उपलब्धि, उनकी कुछ प्रसिद्ध रचनाएँ यानी प्रेम की परिपक्वता (शैली _प्रेम) स्वप्न की

गोपनीयता (शैली-मध्य वर्ग की जीवन शैली)।

आप नोटियन प्रेस, अबे बुक्स, इम्युजिक इन, फ्लिपकार्ट, एमेजॉन, किंडल, इंस्टेंट रीड लाइक ईबुक, किंडल, गूगल, इंटरनेशनल साइट्स और कई अन्य से भी उनकी किताब खरीद सकते हैं।

स्पॉटिफ़ पर पॉडकास्ट: @ ब्रोकन हार्ट

इंस्टा आईडी: बुकहब92

जीमेल: सुमितकुमार 88234

लिंक्डइन: सुमीत कुमार

क्रम-सूची

प्रस्तावना

एक इंसान अपनी खुद की बनाबत भूल सकता है पर दौलत की और सौहरत की वो पहचान वो मरते वक्त तक नहीं भुलता क्योंकि उसे हर एक वजूद की पहचान उसी से जुडी होती है जिसे जिशे लोग आज कल बड़े गर्व से सम्मान बोलते हैं,इज्जत भी किशी की गुलाम नहीं होती वो तो खुद एक वक्त है जो वक्त की राह में ही खुद की पहचान बनाती है,और एक ऐसी पहचान बना है जिसके लिए और कदर की बात आज हर इंसान करता है।मैने बचपन की हर वो यादियों मीता दी जो मुझे सुख के दो लम्हे देती थी क्योंकि में जान चुका हूं जीवन सिरफ खुशी की महफिल नहीं गम की भी उतनी ही हक़दार होती है, खैर गम तो खुद एक मशूका है जो आज इसकी झोली में है कल किशी और की झोली में...

भूमिका

सुमीत कुमार

सुमीत कुमार, एक वयस्क जो जीवन के कई चरणों का अनुभव करता है, एक प्रसिद्ध लेखक और नए युग के लेखक हैं। वास्तव में वह एक लेखक होने के साथ-साथ गायक, कवि, शायर, उद्धरण लेखक, गीत लेखक और एक कलाकार भी हैं। एंकर या स्टैंडअप कॉमेडियन। उनके बारे में बहुत ही रोचक और दिलचस्प तथ्य यह है कि वे नए युग के लेखक हैं यानी उन्होंने अपने लेखन की यात्रा उस उम्र में शुरू की जब वह अध्ययन करने के लिए स्कूलों जा रहे थे। उनकी 100 पुस्तकों की स्ट्रीक महान होगी भविष्य में उनके लिए उपलब्धि, उनकी कुछ प्रसिद्ध रचनाएँ यानी प्रेम की परिपक्वता (शैली _प्रेम) स्वप्न की गोपनीयता

(शैली-मध्य वर्ग की जीवन शैली)।

आप नोटियन प्रेस, अबे बुक्स, इम्युजिक इन, फ्लिपकार्ट, एमेजॉन, किंडल, इंस्टैंट रीड लाइक ईबुक, किंडल, गूगल, इंटरनेशनल साइट्स और कई अन्य से भी उनकी किताब खरीद सकते हैं।

स्पॉटिफ़ पर पॉडकास्टः @ ब्रोकन हार्ट

इंस्टा आईडीः बुकहब92

जीमेलः सुमितकुमार 88234

लिंक्डइनः सुमीत कुमार

पावती (स्वीकृति)

सुमीत कुमार

सुमीत कुमार, एक वयस्क जो जीवन के कई चरणों का अनुभव करता है, एक प्रसिद्ध लेखक और नए युग के लेखक हैं। वास्तव में वह एक लेखक होने के साथ-साथ गायक, कवि, शायर, उद्धरण लेखक, गीत लेखक और एक कलाकार भी हैं। एंकर या स्टैंडअप कॉमेडियन। उनके बारे में बहुत ही रोचक और दिलचस्प तथ्य यह है कि वे नए युग के लेखक हैं यानी उन्होंने अपने लेखन की यात्रा उस उम्र में शुरू की जब वह अध्ययन करने के लिए स्कूलों जा रहे थे। उनकी 100 पुस्तकों की स्ट्रीक महान होगी भविष्य में उनके लिए उपलब्धि, उनकी कुछ प्रसिद्ध रचनाएँ यानी प्रेम की परिपक्वता (शैली _प्रेम) स्वप्न की गोपनीयता

(शैली-मध्य वर्ग की जीवन शैली)।

आप नोटियन प्रेस, अबे बुक्स, इम्युजिक इन, फ्लिपकार्ट, एमेजॉन, किंडल, इंस्टेंट रीड लाइक ईबुक, किंडल, गूगल, इंटरनेशनल साइट्स और कई अन्य से भी उनकी किताब खरीद सकते हैं।

स्पॉटिफ़ पर पॉडकास्टः @ ब्रोकन हार्ट

इंस्टा आईडीः बुकहब92

जीमेलः सुमितकुमार 88234

लिंक्डइनः सुमीत कुमार

1

किस लिए बचाव

कुछ रातें ऐशी भी होती है जो उस सवेरे की सब देख नहीं पाते, हम हर रोज यही कहता की अगर हमारे आज की सुरूरत अच्छी नहीं तो कल की सुरुरात पक्की अच्छी होनी भी और ईश भरोश में भी बनाने की कोशिह करते हैं, उस वक्त हम दो बातेओब बिलकुल भी पता नहीं रहतह, पहली ये की हमने किया क्या है जिसके लिए वजाह से हमारे कल की सुरूरत भी हमारे आज की तरह है, जो अब भी हमारे आज की तरह है कल की पहचान भी कुछ इसी तरह से होगी, मेरी बातें सयाद हर किशी को समझ में न आए पर कुछ राज आए भी होते हैं, दुनिया में बस इतने में हैं कितने हैं, कितने हैं है, और कितने वक्त किशी को याद करते हैं, हम ये बात बिलकुल नहीं पता पर हम जो भी करते वो सोच समझ कर करते हैं और ईश सोच समझ के चक्कर में हम कभी भी काम को अच्छे नहीं हैं। ने सोचा है की आयशा होता क्यों है, है क्या हम मजबूर कर देती है हमारे भविष्य के बारे में सोचने के लिए और ईश भविष्य को बनाया किसने, क्या ईश तरह की भी कोई चीज होती है मन, क्या होता है होती है, अगर अपनी जिंदगी में आगे बढ़ना है तो अपने भविष्य की चिंता क्यों और अतीत की परवाह भी, क्या ईश तराह से जिंदगी कभी आगे बढ़ पाटी है, ऐसी बात बिलकुल नहीं है, अब भी नहीं है तो हमारी किस्मत हम किशी भी तार से आगे बढ़ कर ही रहेगी, और कहे ये सही वक्त पर हो गलात वक्त बश इसकी ही परवाह होती है, उनसे में बचपन से जो भी खिलाड़ी

कभी हम हैं पाटे आयशा क्यूं?

और अगर गल्ती से भी खैरात हम बड़े होने प्रति मिल जाए तो हम उसे भूलने की कोहिश करते हैं और ना याद करने की कसम भी खाते हैं और सयाद हर किशी की महफिल में, जो बड़े होते हैं हम मिल जाते हैं। है की हम खुद दुसर से अलग क्यों है, वक्त की किमत वही सच जान सकता है जिशे ये बात पता है कि उसके उससे में क्या खोया, वक्त पर कौन शि दुआ के बदले दर्द है। को हर वक्त कोशता है, खुद से दूर रहने की कोशिश करता है, हर दिन खुद से लडने की कोशिश करता है, क्या ये मुश्किल है, क्या ये हकीकत की तो बड़ियां इतनी अधिक हो जाती है किसी को आगे बढ़ते हैं, और खुद को खुद से ही दूर करने की कोशिह करता है, कुछ बातें ऐसी भी है जो में कहने वाला हूं और कहीं न कहीं ये सही भी सच है जिंदगी मैं मुश्किल बिलकुल नहीं होती, उससे करने के लिए पूरी जिंदगी भी काम पर जाति है फिर भी वो ख्वाब पुराने नहीं होते, वो हर वक्त कहीं न हमारे पास ही रहते हैं और हम से कुछ भी करते हैं, क्या में हमारी जिंदगी है क्या? क्या कहते हैं हम खुद से और दसरो से, कौन शी वजूद की कहानी हमारे उनके में आकार हमसे यही बात है? से ये किशी और सेह, क्यों महसूश करते हैं ये हम, एक इंसान की जिंदगी उन सवलो की बरियाओं में फशी होती है जहां से वो कह कर भी खुद से अलग नहीं कर सकते हैं,

क्योंकि उस समय की बरबादी उसे कभी जीने ही नहीं देती, वक्त आज की दुनिया सिर्फ एक खैरात है वो भी खुशी की, गामो की और बरबादी की भी, की अगर किशी सफर में लौटने की हम रास्ते सही होने और अगर रास्ता सही गर्म तो मंजिल की परवाह कौन करता है, ईश दुनिया की जिश तार एह बनाबत हुई, ये जितने कानो से इसकी बनाबत हुई है वो आज कुछ नहीं है एक ख्वाब एक ख्वाब वे चुके हैं जो जिस्की तालीम ना तो साधना होती है और ना ही सबसे अलग ये बेहतर, क्योंकि इसकी पहचान ही सिर्फ ये की हम अगर अपनी जिंदगी में मेहंदी करने की कोशिश करते हैं तो ये हमारे यहां से आए होंगे ये बिल्कु जरूरी नहीं है की हम जिसके बारे में सोचते हैं वो भी हमारे बारे में उतना ही सोचा क्योंकी एन सब के सोचने के लिए वो पुरवाला बैठा। वे अगर किशी की

जिंदगी एक खैरात में मिली हो ना तो वो जीने की फिरत कर सकती है, प्रति अगर किशी की जिंदगी ही पूरी खैरत है, मतलब उसके लम्हे, उसके अंदर खुशियां और भी होती तो एक सिरी ये तो जीने की कोषिश करो ये तो मरने की, प्रति लोग वही चुन जो वो पहले से सोचते हैं, क्योंकि जबा कसार लोग किशी खेल में ये जिंदगी के खेल में हर जते है तो वो खुद को मारने की है ही सुख एति है और कफी ज्यादा आशा भी लगती है, पर कभी किशी ने ये सोचा की वो मार्ने की जग जीने की कोशिश क्यों नहीं करते, क्योंकि जिस दिन उस वक्त भी ये सोच लिया में कभी कभी नहीं तो वो उसी वक्त अपनी जिंदगी और किस्मत दोनो को हर चूका था, अब इसके आगे कौन सी जिंदगी है जिशे वो संभव कर रखेगी और कौन शी खुशियां है जो उसके उससे मैं दोबारा आएगी। आज एक आइशी जंग की सुरूरत करने जा रहा हूं जो सयाद खुद से किशी और से नहीं क्यों की जिश कहानी की सुरूरत मैंने की, अंत भी मैं ही कर सकता हूं, जब लोग अपने सेहर को ही छोड़ दूंगा आने है तो उस वक्त उनके पास जो उम्मेद रहती है आगे बढे की वो भी सुरुरात में बिलकुल उस चांद की तरह होती है जिशे हम देख तो सकता है पर कभी चुन्ने की कोशिह नहीं कर सकता है इसलिए वह क्यों नहीं,और करे भी तो क्या करे उसे उतनी ही इतनी है की हम अपने फरश से उसे तकदीर को थम ही नहीं स्केट इशलिय उससे दूर रहने की कोशिह करते हैं। ईश दुनिया में हमारे साथ जब भी कुछ अच्छा हो, ये बुरा हम उह ऊपरवाले को इसके लिए कोशते हैं, की है बागबान बश अपनी कृपा बनाया और रखना इशी तार, और के बारहम क्या भी हैं, इसके लिए ;अब तौफे, ये जिशे लोग आस्था माने है अपने सब सेह, प्रति के वोप आस्था उने चाये, क्या कभी किशी ने उनसे ये बातें पुची है की है! प्रभु हम आपकी शरण में आया है, अगर आपको अपने भक्तो से कुछ छै तो पता चले, सच कहु तो मुझे ये बातेओब बिलकुल सच्ची नहीं लगती की आयशा होता भी है, मतलब अगर प रहे हैं की आपको कुछ छैये नहीं, आस्था दिल में होती है, पथरो में तो सिरफ उनकी मूरत होती है, और आज के मानव भी अजीब है और उनकी दुनिया भी अजीब है, जिन्हे एन सब कुछ है। ये रखते हैं की बागवान के नाम पर कुछ देदो हम भी, पर उनकी आस्था कभी पूरी नहीं होती, अक्सर वही लोग करते हैं,

जो खुद को मजबूर करने की कोशिश करते हैं, जिन्की महफिल दौलत के फिर से सुनती हैं कोई चीज बनी है और न ही दिल तोडने के मोहल, हर चीज के लो वो ऊपरवाला जिम्मेदार बिलकुल नहीं है, लोग कहते हैं कि मौत के लिए हमारी किस्मत और उस वक्त ऊपरवाले की दृष्टि है, ऐसा क्यों है छोड कर चले जाएंगे, में जो बातें हीड कुछ अलग है और सयाद न समझ भी आए पर जो अब कहने वाला हूं सयाद उसकी हर एक खैरत सच्ची होगी, क्यों अगर सोच की तालीम देखी जाए तो ईश दुनिया किया ज्यादा बनाबत ही उस वहां है है, नहीं समझे? मानव जाति को किसने बनाया? उश ऊपरवाले ने, क्यों सब तो यही कहते हैं, तो इतनी दुनिया उन लोगों मानव जाति की बनबत करते हैं ही पूरी करदी, और जो बक्की आधी दुनिया उसे हमने बनाया,अगर किशी की मौत कार डर्घटना में हो जाए तो उसके लिए भी हम उस बाते को जिम्म्मेदार समझौता है और उन्हें मानता भी है, अगर उस वक्त क्षिमत सेह जान बच गया तो हम उनके लिए और उस वक्त उस साक्षी की मौत हो गई तो उसके लिए हम उश ऊपरवाले को ही कसूरबार तेहराते है, तो इसमे गल्ती किस्की है, दुनिया दुनिया की जिसे हम माने है की उस ऊपरवाले ने बनाया है मैं ऐसी गलती है ही कह, उन न तो कुछ बनाया है और न ही हम से कुछ चीना है? तो ये कबर जो हर वकर हर दिन किशी की तारिक तय की जाति अखिर में इसकी लिखावत किसने क्या है, है। अभी भी कुछ लोगो को मेरी बातें समझ में नहीं आ रही हैं, ये सयाद वो मुझे पागल भी समझेंगे, और कुछ लोगो ने तो ये भी सोच लिया होगा, क्या चाहता है सोच अलग है उसकी हर वो पहचान जूठी है, नास्तिक है ये? सयाद मेरी बातें जूठी हो शक्ति है, में भी कहीं न गलत हो सकता है? पर मेरे जो सब है वो कभी गलत नहीं हो सकता है, अगर ईश सृष्टि की रचना उस ऊपरवाले ने की तो हमने उशी सृष्टि को और बेहतर बनाने के चक्कर में वह फन्ना करने की कोशिह की कहीं है कभी है शमील है, अगर अपनी आंखें सेह देखो ये हर वो चीज जो हमने बनायी वो बरबाद ही तो है, हमने जोड़ी काट कर घर बनाया, क्या वो सही है? हमने नादियो के बहब को भी रोका, क्या वो सही है? हमने एक समाज को भी जन्म दिया जिसे हमने कोई जरूरी नहीं है, जाति पात, गोरा काला, रंग भेद, समाज, प्यार मोहब्बत, जुथे

रिश्ते, दिखावे, और भी ऐसी ही कुछ में कुछ नहीं देखा दी, अगर किशी साक्षी की मौत से आगे से हो जाति है तो क्या इसके पीछे उसके दिल का कसूर है, ये उस ऊपरवाले को हम इसके लिए दोशी मानेगे, उसने सिरफ मानव जाति को बनाया कभी है हर एक परिवार आज झगड़े वो भी कुछ चीज को लेकर जो उन लोगों ने खुद बनायी है, किशी और ने उसकी रचना नहीं की है, क्या नफरत जैशी चीज कोचे हम ऊपरवाले न जन्म दिया, ये जिस भी हैं मेरे ऊपर यह तक किशी की जान भी लेने को तय हो गया है तो के उस ऊपरवाले ने बनाया है, आस्था थिक है, पर और विश्वास बिलकुल गलत है, मैं ये भी नहीं कह रहा हूं ,वो मौजूद है पर कहा है? जिश पर्वत को महादेव अपने घर माने है क्या कभी उस पर एक मानव के जोड़े के निशान गए हैं, क्या कभी कोई मानव उस पर्वत पर आज तक छड़ पाया है? कुछ खैरत अगर सच्ची भी है तो हम से बहुत दूर है, क्यूनी जिश युग ये जिश वक्त वासुदेव कृष्णा ने जिन्हे हम बड़े प्यार से कनहिया बुलाते हैं, जिन्होन द्रौपदी की लज्जा वो भी पूरे बच्चे हैं आज तो हर गलियों में हमारी बहनो की इज्जत और बेटी की इज्जत सारे आम नीलम हो रही है फिर उनकी रक्षा कोई क्यों नहीं करता है? कहा है वो वासुदेव कृष्ण और बक्की जितने भी बागवान है। एक सृष्टि की रचना कैसी हुई, ये बातें कोई नहीं जनता, न ही वो मानव जाति और न ही उनके विज्ञान में आइशी कोई परिवार स्थिर है जो ये बताता खातिर की असली में ईश दुनिया में एक है और यह है तो दौलत हो, मजबूरियां और रिश्ते टूट जाते हैं, और ये दरिंदगी स्याद खतम हो जाती है, अगर ईश युग राम जायश लोग है तो रावण जैश लोग भी, गंभीर भी तो हवानियत भी है, कुछ बातें जो विज्ञान भी हमे समझने की कोशिश कार्ति है, जैश की न्यूटन के तीसरे नियम में ये बातें साफ लिखी हुई है, "हर एक कार्रवाई में तब सबसे ज्यादा प्रतिक्रिया होती है" एक जैसे हो, मतलाब नहीं समझे? अगर नहीं समझ तोह सयाद अब समझ जाओ? कर्मा की महफिल से तो हर साक्षी वक्फ है, क्योंकि मेरे यहां के विद्यालय में हम जिसके साथ जैसे हैं, कोशीह करते हैं बदले में उसकी परछाई ही हम अंत में मिली है, अगर तुम्हारे यहां बहुत है मैं जैसा और अगर किश में तकलीफ पौछाने की कोशिह की है तो बदले में तकलीफ की ही रिवायत नसीब होगी, हमर

मा बाप रतोह हमारी गलतियों को क्या भी कभी माफ कर सकता है, ऐसा कर सकता है सेह होती है और वो कोई और नहीं डर और मार्ग है। भले ही किशी का वक्त बदल जाए और मन करे चले तो आदत भी,

प्रति उनके पुण्य और पाप कभी नहीं बदलते, उनकी सोच कभी नहीं बदली, किसने कहा की हमारी रूह और हमर एक है, अगर ऐसी बात है तो जब समाधान पर सरर को जलया जाता है तो उसमें क्या है साथ ही क्यों नहीं जलती? अगर दो जिस्म एक जान है तो फिर उनकी रूह मौत के वक्त अलग कैश हो जाति है, क्या कभी विज्ञान ने इसके बारे में सोच है, ये किशी तरह के सबूत की पहचान की है और विज्ञान भी आज के लोग और विज्ञान भी आज के लोग हैं। एक भविष्यवाणी ही है। बस बदल दो विशेषण जीवन का इसलिये जब आप भूल जाओ जिंदा रहने के लिए इसका बनना आपका अंतिम सवारी । अगर ईश दुनिया में किशी प्रश्न की रियायत हुई है तो तो उस जवाब की सुरूरत भी कहीं न कहीं पहले से हो चुकी है बश वक्त की गुजारिश में उसकी पहचान अभी अधूरी है इशिलये उसकी अब भी एक है में आप सब को वक्फ करने जा रहा हूं सयाद उसकी पहचान ही नफरत है, क्योंकि उसकी मोहब्बत तो उसी दिन मर चुकी थी जिस दिन उस और यहां की सुरूरत हुई थी। ना किशी राहः की तालाब मुझे ना किशी खवीशी की मुराद हाई आंखें में नामी है मेरे और लहु मेरी अरदास हाई Pehchan साको Pehchan जयो क्यूंकि यही मेरी एकलौती शान है। ईश की हर एक लिखावत से पहले कुछ बातें हैं जो आप सब को कहने जा रहा हूं, सयाद वो सही भी हो सकती है और गलत भी, प्रति इसकी मुराद सयाद पूरी हो जाए, हर दुनिया में है करने का हक है, रिश्ते तोडने और सुधारे का भी हक है, अगर आप कि दुनिया में तकलीफ के पल न दिखो तो वो भी आपकी दुनिया सेह काफी दूर रहेंगे, एक इंसान इसे भी हम में से एक है बारबाड मत करो, ये कोई भी उश फन् ए करने की कोशी मत करो, क्योंकि उसकी पहचान और उसकी जान दो ऐसी दुनिया को संभालने में लगी और अगर उस वक्त उस में किशी ने बियागरने की कोशिश वो भी तो कहो यह वक्त रौक न पाए किशी को तबह करने सेह, साधना सबदो में कहु तो दुनिया में हम सिरफ खुद की दुनिया से ही मतलब रखने की जरूरत है कि वह और पर की नहीं क्योंकि

इंसानियत है महफिल सजती है।

इंसानियत है महफिल सजती है।

2

देखभाल के शापित

इस दुनिया में किशी की ख़्वाब अधूरा है तो किसी की मोहब्बत अधूरी है, और इसके आगे भी इश सफर को बढ़ाने की हम कोशिश करे तो दुनिया ही अधूरी है, सरर के बिना नफस की कोई वहां इसकी ख़ैर देखता है तो असलियत एक ही पर उनकी बात अलग है, हम हर रोज़ सिरफ आगे बढ़ने की तालीम को धुँधने की कोशिश करते हैं, पर कभी कुछ ने ये सोचा है कि हम जिश आते हैं हमें कभी बनते हैं ,उनकी यादे से डर क्यों भागते है ,आब अतीत के भी क्या पता होता है ,कि बड़े अच्छे होते है तो किशि के बुरे भी ,पर क्या सच में इनकी हर एक खैरत सच्ची होती है, है तो ये लाजमी है की बद्दुआ भी उनकी हर एक अहोश में शमील है, अगर अच्छी अहय तो बुरी भी है, अगर किशी मंजिल पर एक मुशफिर की तरह चलने की सुरूरत की है तो उस मन में आए हैं कर भी जा सकता और उससे कहीं न कहीं बहुत अंदर भी, फिर भी हम उनपर कभी चलना नहीं छोडते, उम्मेद एक ऐसी तबभाई है जो इंसान को और से खोखला कर देता है, भले ही बहार से उसकी हर एक छटा आपके वज़ूद को आगे बढ़ने के लिए एक छटा आपके वज़ूद को आगे बढ़ने के लिए कम नहीं होती, क्योंकि इसे आज कल हर किशी ने महसूश किया वो हीर रांझा हो, ये रोमियो जूलियट जैसे महान प्रेमी ही क्यों ना। जिश साक्ष को हर वक्त किशी चीज की तलाश रहती है ना वो कभी अपनी जरूरत पूरी नहीं कर सकती, ना वह वो कभी सोने की कोशीश कर सकती है, वो कभी खुद में

ही रह गई है मुलकत हुई है, अगर नहीं हुई तो में एक आयोशी मंजिल प्रति आप सब को लेकर जाने वाला है जिसी खिरता भी वीरान है और उसकी रूह भी।

तो ये कहानी उस कटेलिया नगर की जहां लोग खुद की रूह भी एक दसरे के लिए दान कर रहे थे, और अगर उनके नगर से ये उनके गांव के किशी भी साक्षी को तकलीफ हो तो भी के लिए तय हो जाते थे, ऐशी ही कहानी थी उस कटलिया नगर की जो सयाद अब पूरी तरह से बरबाद हो चुकी है, अगर उनसे में किशी को कुछ चीज दी हो तो आप क्या दोगे, कपड़ा, रोटी वह अपनी नफ्स ही एक आइश साक्षी को दान कर दी थी जिस्की हवानियात ने उस कटालिया नगर के हर एक दीवार को खुशियों की जग गम की काली परचाई में कैद कर के रख लिया, और उन लोगों को दुनिया ही एक झटके में तबाह हो गई, अगर किशी की मोहब्बत पवित्र ना हो और वो जब समाज की उन बैरियों में फशकर अपनी जान गावा दे, तो उस वक्त गलत कौन होगा, समाज ये उनकी मोहब्बत? ये लोग ये क्यों भूल जाते हैं, जिसके खिलाफ हम आज हमें भी हैं, कहीं नहीं हैं तो फिर उशी खैरात को हम मिटने की कोशिह क्यों कर रहे हैं, अगर यह जिंदगी की मोहब्बत है तो उनकी नफरत भी बेमुराद है, जिश साक्षी की कहानी में आप सब को बताने वाला हूं सयाद उसके दर्द की कहत हम से कोई नहीं जहां ऐसी है क्योंकि उनकी कहानी ही कुछ ऐसी है, उनमें से पूरी कहानी में है और फिर समाज जिसके लिए हैं, अगर हम एक मर्द है सिरफ एक स्त्री से उसे ही प्यार है से मोहब्बत हो गई तो वो समाज की नजरों में गलत है, उनकी मोहब्बत गलत है, ये कोई बड़ा पाप किया है, पुण्य है के और पाप क्या है, अगर एक और किसी के अलग से जाति वाली प्रेम लड़की है उशे भी हमारा ठीक नहीं समझौता, ईश जाति पात अखिर में बनाया किसने है, ब्राह्मण, राजपूत, छतरिया, कौन है ये, ठीक में सब तो इंसान ही है, मुस्लिम, सिख ईशाई, जैन धर्म, बौद्ध धर्म,ये सब कौन है? ये उनकी जाति हम से अलग है, क्या इनके धर्म हमसे अलग है, ये हमारा भगवत गीता में ये बात लिखी है ये कुरान में, किह किताब में ये किशि दुहरात में हैं और जाति पाट को देख कर ही हम किशी से मोहब्बत करनी छै? मैंने ये बताया होगा भी कहीं की उस ऊपरवाले ने

सिरफ हम बनाया है, ये नफरत इंसानियत, हवनियत, जाति पाट, धर्म, अधरम ये सब और भी कहीं है, जिन्की खियारात में सिरफ नफर्ट की ही है। जनवर जब दसरे जनवर की हत्या करता है तो उसकी फ़िदरत में हम उसे जानवर के कर ही कहते हैं, और अगर उसी जगा किशी मानव ने दसरे मानव की हत्या कर दी तफ हम तब उस इंसान, कीश में हम क्यों हैं द्वारा किशी की हत्या की गई है तो तब भी इंसान ही क्यों कहलाता है हम उश वक्त जंवर क्यों नहीं बोले? जिश प्रेम काठ में हर एक रिवायत में अपने सबो के द्वार बताने वाला उसकी हर एक लिखावता उस लहू सेह की गई जिस्म में समा की हर वो बेगैरत हवानियत शमील है जिसे लोग नया कहते हैं। कतालिया नगर की नजर है एक गाओ था जिसे लोग हुसरत पूर के नाम से भी जाने थे, वह इतनी खुशी थी एक वक्त की बहार के गांव वाले भी उस में क्या देख इरशिया करता हम थे लोग, की इतने खुश क्यों नहीं रह सकते हैं, इसकी पीछे भी एक कहानी जो सयाद अब सामने आने वाली है, अपने शोले दिल तो देखी ही होगी वजी जिस्में हमारे जय और वीरू थे, फिदके तार भी यही है ये मिली थी पर उनके नाम की पहचान, अर्श और अखिल सेह है, ये दो अलग धर्म से संबंधित करते थे, पर इतनी इतनी गहरी दोस्ती थी की उस गांव में कोई भी स्कश में ये दोन वह कहते हैं है जनम से ही भाई है, चली उनकी दोस्ती की कुछ यादें पहले देखने की रिवायत करते हैं, अर्श जो की ए मुस्लिम परिवार से रिश्ता करता था और वह अखिला एक हिंदी धर्म खाना कहो, 1925 भी थी, उसकी बातें तोह छोड ही दे उस वक्त तक हमारे देश को आजादी भी नही मिली थी,

कटालिया नगर एक आइशी नगरी थी जहां के लोग हर वक्त एक दसरे की मदद करने के लिए थे, वहा के राजा राम लाख प्रताप भी हुसरत पुर के लोग सेह बेहद प्रेम जिश करते हुए थे बेगम के मौत के बाद ही उनकी यादें में बनने गई जिनसे वो बेहद प्रेम करते थे, हुसत पूर के लोग भी ऊंचे काम नहीं थे, अधिक रात को जब राजा राम लखन प्रताप उन्हे बुलाए गए तो वो थे एक जाते, और अखिला ने जन्म भी लिया था, पर उनके मा बाप की मऊ उन्हे जन्म देते ही वक्त ही हो गई थी, क्योंकि उस वक्त कटालिया नगर में बगल के पडोशी राज्य ने बदला था। एक और

याद में शमील थे, मतलाब वो अपने राजा राम लखन प्रताप के साथ थे, उस वक्त जब उनके उनके मौत की खबर अर्श और अखिल के मा को सुनय गई तो वो ईश हादसे पाए को जजेल अर्श के पिता और अखिल के पिता दोनो एक दसरे के बेहद करीब थे और उनकी दोस्ती भी इतनी गहरी थी की जब उनकी मौत हुई तो उनके सर्रर को जलाने की जग साथ में दफनाया गया वो भी उस कबर जहां आज भी लोग उनकी दोस्ती है कहां, वे जलाने की जग दफनाया क्यों गया जो अब मैं तुम्हारे सब के उससे में है उसकी सुरूरत बहुत पहले कहीं लोगों ने की थी, अखिल के पिता जी हमेशा ये कहते थे की अगर मेरी मौत वो याद आपने एकलाते मित्र के साथ बनायी है, मेरे सारे के जलाने के बाद ये मुमकिन है की मेरी आत्मा भी उस चिंगारी की बौदौलत कहीं न कहीं मेरे साथ छोड़ दे इश्ली में मैं कभी नहीं देखता हूं में मर कर भी अपने मित्र के करीब रह साकू, प्रति सयाद उनके रास्ते तो अलग थे पर उनकी मंजिल एक ही थे, क्योंकि अखिल के पिता की मौत जंग में फेली हुई थी,प्रति अर्श के पिता ने जब अपने प्यार मित्र के उस आंशिक सरर को देखा तो उनकी रूह भी उसी वक्त उनहे अलविदा कह चुकी थी, अर्श के पिता ये कहते थे कि अगर हम दोनो में भी वह भी सेह है से मेरी एक ही सिफरसिंह है की सजदे में उशी वक्त मेरी भी मौत मुकमाल हो जाए, उनके वादे थोड़े अलग थे पर सयाद असलियत में एक सही मित्र की पहचान यही होती है में भी साथ में भी पागल पान भी कहने की कोशिश करेंगे तो कुछ लोग इसे दोगे भी कहेंगे, पर असलिया तो यही है कि उनकी नफ्स ही उस हलत से वक्फ है की वो सिर्फ दोस्त नहीं थे, दोस्त से ऐसे में हैं प्रथम की लकीर मीता दी और उनके असूल तक भी, तो उनकी ईश वीरता और रिश्ते को हम सिर्फ दोस्ती का नाम कैसे दे सकते हैं। के जिस तरह उनके पिता थे में कफी अच्छे दोस्त थे उसी तरह भूतकल में अर्श और अखिल में भी उनके पीछे सेह भो अधिक गहरी दोस्ती थी, ना अखिल कभी अरश के बिना रह सकता था और कभी और कभी नहीं इतनी गहरी थी की अगर छोटा किशी एक को लगता है तो उस दर्द को महानुश करने के लिए दसरा भी जान भुजकर उस छोटे को अपने कोशीश करता है, गांव की हर गलियों में बश दो होती है, के खेल खुदकर बड़े हुए, और भले ही एन डोनो के ऊपर

इनके मा की ममता और बाप के साये नहीं थे, न ही उनकी मोहब्बत शम्मिल थी, फिर भी ये दो अपनी जिंदगी में बहुत खुश थे ही क्यों थे और आइशी बात भी नहीं की इनहे तोडने की कोशिश नहीं की गई, केई बार की गई प्रति उनकी दोस्ती इतनी गहरी थी की किशी की नफरत में कभी तोड ही नहीं पाई, गांव के लोग भी दो सेह करती थी। काम क्यों ना हो राजा राम प्रताप से पहले इनहे याद किया जाता था, और राजा राम प्रताप ये कहते थे कि ये दोनो कभी अलग न हो, क्योंकि जिश तारः इनके पिता मित्र थे और जिश तार की बहुदरी उन्होन भाग्य राज्य के खिलाफ जंग थी मैं भी मैं राम प्रताप भी यही कहते थे की अर्श और अखिला भी कटालिया नगर की रक्षा करे और अपने पिता के ही तरह एक महान सैनिक बने, इशी को लेकर जब राजा राम प्रताप ने उन्हे अपने द्वार में बुलाया तभी उस वक्त अखिलिया की मुलक़ात राजकुमारी कवेरी उन के लिए, कावेरी जो की राजा राम प्रताप की एकलौती पूर्ति भी थी और उनकी शान और जान भी, वो ये कभी नहीं कहते थे कि उनकी एकलती बेटी को कभी कोई तकली हो इशलिय उन राज्यों में प्रति ही निर्धारित कर दिया, और ये कठौर आदेश भी दिया था की गारा उन में से किशी ने भी राजकुमारी की बात नहीं मणि तो उशी वक्त मौत की सजा भी दी जाएगी। जब पहली बार अखिलिया की मुलकत राजकुमारी कावेरी सेह हुई तो उस वक्त अर्श भी वह पर था, प्रति जिन्की मोहब्बत पहले से उनकी किस्मत में तय कर दी गई उसकी लकीरे तो वह भी कुछ भी नहीं है वो कठौर असूल थे जो उनकी मोहब्बत को सयाद कभी नहीं अपने, पर उस वक्त वो डॉन इश बात से बहुत आगे थे, जिस स्कश को पहली मुलकत में ही किशी से मोहबात हो जत्ये मरते तो कहते हैं मैं वक्त राजकुमारी के दिल में और अखिल के दिल में भी एक जैसी ही हलचल हुई थी, उस वक्त उनकी मुलकत भले ही कुछ वक्त के लिए हुई थी, प्रति सयाद पूरी उमर गई थी जो कि सौगत दे थी की अखिला एक आइश जल में फश चूका जहां प्रति उसकी मौत पक्की है, अगर उस राजा राम लखन प्रताप को ये बात पता चलती तो सयाद वो उस मार्ने की भी कोषिश से डर नहीं संपर्क रहते, ने उनसे कहा की तुम्हें क्या ये आदेश मंजूर है की तुम दोनो अपने पिता की तरह ही एक सैनिक बन कर अपने राज्य की सुरक्षा

करो तब उस वक्त उनके दोनो के सब्द एक ही थे और वो एक नई फन्ना को भी जाने देने वाले थे तो उस वक्त अर्श ने राजा राम लखन प्रताप के सामने वही बाते जो सयाद उसे कहने भी चाये, क्योंकि जिस तरह उन दोनो पिता ने अपने राज्य के लिए जान दी थी, वो ये बिलकुल नहीं यहां थे,और न ही वो किशी की गुलामी करना चाहते थे क्योंकि उनकी दुनिया ही अलग थी, और जब अखिल से ये बात पुची गई तो उसे भी वही कहा, की जो भी मेरे मित्र ने आपके सामने कुछ है वह से जा ही रहे थे की राजा ने अपने उन्हे बंधी बनाने के लिए बक्की सैनिको सेह कहा, क्योंकि उस वक्त जो बातें उन दोनो ने कहीं थी वो भी राजा राम लखन प्रताप के सामने वही लोग मिले थे रहा था की अर्श और अखिला ने उनकी बातें न मान कर उनकी अबलना की है, अपने राजा के आज्ञा को ठुकराया है, कहते हैं जिसकी बुद्धि बलबन होती है उसके पास बल हो न वो फिर ना है , प्रति जिसी बुद्धि ही घुंटने की कहानी दबी है और वो सिर्फ बातें का प्रयोग करे तो उसे हर तो पहले से निश्चय हो जाती है।

"माना टूटे है
ख्वाब मेरे,
पर खुशियों
की तिजुरी
अब भी भारी है,
में तो बेवक्त ही महरूम
हो रहा था
जिसे लेकर
जिसकी महफिल पहले
सेह
ही
एक बेवफा
की सवारी है..... "

3

जन्नत का दोस्त

कुछ बातें किशी के सामने न ही हो तो ठीक है, ईश दुनिया हर कोई आनी कहत और अपने रहने की तारको को बदलना चाहता है, कहो वो आम इंसान हो ये उनसे ऊपर जो लोग, जिने पास सत्ता को बदलना कहते हैं और इशिलये बदलाना कहते हैं क्योंकि उने ये लगता है कि अभी वो बेहतर नहीं है, और उनके नीचे वाले लोग भी यही सोचते हैं, पर एन दोनो में जातियो मियां एक छोटा है, , जो की पहली ये है की कुछ लोग कठोर परिश्रम से उस मकाम को पाना कहते हैं तो कुछ लोग लहू बहाकर, ये धोकेबाजी का सहर लेकर, उसी तार राजा राम प्रताप की सोच भी कुछ ऐसी ही दों थी, कभी थे और समझौता भी थे, वो भले ही एक महान सैनिक नहीं थे गांव वाली की नजरों में क्योंकि उन्हें अपनी वीरता कभी दिखी वह नहीं, और एक महान योद्धा वही होता है जो आपके लिए जो आपके लिए काफी है। अखिल अपने पिता की ही तरह बहादुर और बुद्धिमान ठ ई पर वो ये कभी नहीं कहते थे के वो किशी बंधन में बंद कर रहे थे, क्योंकि जब उनके पीछे की मौत हुई थी और जैशा बच्चन उन दोनो ने देखा थे, सयाद उनकी याद उन हर वक्त पर देहलीज में वे सैयद कुछ ऐसी भी बातें जो सयाद अभी उनसे में अधूरी हैं, प्रति एक आशा है कि उस रहश्या हम सब की मुलकत जल्द ही हो, जिस दिन अर्श और अखिला ने रराजा राम लखना जीता प्रताप के दो लोग बैठे थे उन्होन ये आदेश दिया की एन दोनो अभी बंधी बना लिया और हमारी कल कोथरी

में बंद भी कर दिया जाए, पर उस वक्त उनके राजा ने ये आदेश बिलकु नहीं दिया था, और इसे बोले वो हैं उन लोगों ने उन दोनो पर हमला कर दिया, प्रति मैंने पहले भी ये बातें कहीं थी की वो भले ही अपनी शक्तियां किशी और सामने दिखते नहीं थे पर पहली बार उन अपनी शक्तियों का इस्तमाल भी सैनिक मौजूद थे उन सब को अपनी बस एक हदुरी से प्रशत किया, एन सब के बाद राजा के मान में उनके लिए और भी इज्जत बढ़ गई ये सब देख और सयाद किशी और मन में उस वक्त मोहब्बत की एक ऐसी तालाब भी बहुत ही बड़ी वो बन गई चकर, जब ये घाटा हुई उसके बाद राजा अपने सैनिको को ये आदेश दिया किया, मौर बोला की सब पीछे हट जाओ,और एन सब के बाद राजा राम प्रताप ने उन दोनो को अपने सेह लगा लिया, पर स्याद उस वक्त जो बहादुर उन दोनो ने देखा वो उनके लिए एक फन्ना भी सवित हो शक्ति थी? वो तो आगे ही पता चलेगा, राजा प्रताप ने उस वक्त उन दोनो को देखा से लगा तो था पर उसके पीछे राजा राम लखन प्रताप की कौन शि रंजिश शमील थी स्याद उस वक्त अर्श और अगर खिलाड़ी इसे, उनसे सिर्फ दो बातें कहीं की तुम अगर किशी चीज की भी जरूरत है तो तुम हमारे दरबार में कभी भी आ सकते हैं और उसे मांग सकते हो, और तुम ईश राज्य में जो भी कह सकते हैं। उसके जीवन की सीमा तक संभव हो, पहली खैरात तो ठीक पर ये जो दुसरी खैरात जो उन मिली थी वो भी उनकी बहादुरी के उनसे में सयाद वो कुछ अजीब थी, भला वो किशी की जान और को बारबाड के कैसी कहिरत मिल है उन्हे उनसे में जसिकी हर एक शिदात किशी फन्ना से जुडी है। उस सब के बाद वो दोनो वो से चले गए, अखिल तो उनकी बातें सुन कर बेहड़ खुश था पर अर्श की फिरा उसे हर वक्त ये महसूश करवा रही थी, ये कोई ऐसी रंजिश जो सयाद दे हमे से पहले ही बात कह दी, की मेरे मित्र राजा ने जो भी बातें हमसे कहीं उस पर भरोसा बिलकुल मत करना सयाद ये एक ऐसी चल है जो हमारी खुशी को चीन शक्ति सुन कुमार के के ख्यालो में खोया हुआ था, क्योंकि जसिह नायब चीज को उसके बन कामरे के चार दीवारो में देखने की कोषिश की थी वो स्याद उसके जहां से इतनी जल्दी नहीं जाने वाली थी और ये बाद में तबीयन तब तक अब राजकुमारी कावेरी से मुकाबिल हुआ, पर उस दिन

अर्शा सुएक साथ नहीं था, और न ही उसे ये बातें पता थी की अखिला एक ऐशी जल में फश चूका है जो उसे मौत के करीब लेकर कुछ है तो वह है और इसके बाद भी राकुमारी कावेरी और अखिला एक दसरे के बार मिले, पर वो ईश खतरों से बहुत दूर अंजान थे की राजा राम लखन प्रताप को इसकी भानक लग चुकी है। अरश और अखिल भले ही एक जैसे थे प्रति उनके विचार ईश बार बहुत अलग थे, अर्श को ना तो अखिला ने ये बातें कभी कहीं थी वो राजकुमारी कावेरी से प्यार करता है, और वहां से प्यार होगा भी राम प्रताप के मंत्री ने ये बातें न बतायी होती तोह, प्रति अखिला ने उससे ये बातें चुपई क्यूं थी वो कहता तो उसे ये,बातें बता सकता था, क्योंकि ये पहली बार हुआ था की अखिल ने अर्श कुछ चुपाया था, और वो बात से भी हेयर था की अखिल ने अगर मुझसे ये बातें छिपाई कुमार की रंजिश हो स्काटी है ये नहीं? क्युनी बचपन से वो एक दसरे के साथ, साथ में बड़े हुआ, साथ में खेले, हर उस मुशिबत का सामना किया उन दो ने, जब एक को छोटा लगता है तो दुसरा भी उसे महानुश करता है, फिर क्या हैं में चुनने की कोषिश की, जब कटालिया नगर के मंत्री ने ये बातें अर्श से ही तो उस वक्त उसे एकौर बात कहीं थी जो सयाद अर्श को पहले से पता थी, सब के बाद वो ये बिलकुल के लिए उसे अखिला सेह ये बात कहीं की हम कटालिया नगर को छोड कर जाना ही परगे, प्रति उस वक्त अखिला को ये बात बिलकुल पता नहीं थी की जशिह राज को अपने प्यारे मित्र की और कुछ है में ही, वो बातें पहले से ही जनता है, जब अर्श ने उससे ये कहा की आब हम कटालिया नगर में नहीं रह सकता तब उस वक्त अखिला ने उसे काय सेवला की पर उस वक्त हरश ने बिल्कुल अबू के जान पहचान के कुछ लोग है और उनके घर में नी गह है इशिलये उन दोनो ने बुलाया है, उसी वक्त अखिलिया को ये बात की भनक लग गई की अर्श उससे कोई रहश्या छुपाने की कोषिश कर रहा है। प्रति उस वक्त वो जनता था की अगर मैंने कोई समाधान किया तोह मुझे पूरी सच्ची कभी नहीं बतायेगा, इशलिये वो थोड़ी ही डर में चलने के लिए तय किया हो गया, प्रति जोश फन्ना होने की नफरत उसके बाद फिर से मैंने कहा वली थी, जैशे हीवो दो दुसरे सेहर जाने के निकला ही रहे थे की उनकी चौकठ पर ही कटालिया नगर के सैनिक मौजूद थे,और उस वक्त अर्शा

और अखिल को भी ईश बात की भनक लग गई थी की वो उनेक चौकथ पर क्यों आए हैं, अर्श ये बातें जनता था की वो अखिला को ही लेने मिले हैं जयो और में आने के, प्रति अखिल ने उस वक्त उसके ईश आदेश को माने से मन कर दिया, इसके बाद के डेर तक अर्श ने उसे समझने की कोशीह की पर वो पर भी नहीं माना में तब वही आखिरी में आने वाले हैं राजकुमार और तुम एक दसरे से प्यार करते हो, और चिंता मत करो राजकुमारी कावेरी साहित्य नगर की सीमा पर तुम्हारा इंतजार कर रही है, फिर मैं जब तक इन देखता हूं, फिर से इतना डर न करो मित्र जल्द ही निकलो, मैं अब तक संभलने की कोशिह करता हूं, उस वक्त भी अखिला ने उसकी बातें नहीं मानि क्यूंकी वो अपने मित्रों को तो छोड़ मजबूत पर शक करता है एन सब के बाद अर्शा को ये बात पता थी की अगर हम थोड़े भी डेरी की तो कटालिया नगर के सैनिक हम पर हमला कर देंगे, इशलिये उसे वो बातें कहीं जो उसे नहीं कहनी चाहिए थी, और उन बातों की कफस जैश ही खिलाड़ी तो कहीं और सुन में जाने से न रौक पाया ? उस वक्त उसे सरेर की हर एक ख्वाश उससे दूर हो गई थी जब वो अर्शा को छोड कर जा रहा था, प्रति उसकी रूह उस वक्त वह प्रति उसके साथ मौजूद थी, जैश ही चौकठ ने एक तब अपने खुशी दे दी जो सयाद वापस कभी नहीं लौटने वाली थे, वह के सैनिक ने जब उनकी चौकथ लंगी तो अर्श ने उन सब को रौका लिया पर जिसश रंजिश की उसे कभी ख्वाश नहीं की थी तब उसे कभी देखा था क्युंक अर्श और अखिलिया भले ही सारे से अलग थे पर रूह से बिलकुल एक जैसे थे, सब के बाद वह के सैनिको और राजा राम प्रताप ने उसे बंदी बना लिया, और फिर एक यहां से बहुत ही शानदार सीमा उश वक्त तोड चुकि थी,

प्रति खिलाड़ी को ये बिलकुल पता नहीं थी और गार लौटने की उस वक्त कोशिह भी कर्ता तो स्याद लौट न पाता क्योंकि उसे भी किशी काफास में कैद हो चुका था, पर ऐशी कौन से मुझसे काफी में एक था किसी को हर दिन उस दर्द की सिफरीश दे रही जिशे वो झेल नहीं पा रहा था, राजा राम प्रताप ने अखिल को ढुंडे के लिए अपनी सेना को पहले सेह राज्य में तनात कर दिया था। उन खबर दी और ना ही उसके दर्द में उसकी जहां सुनिए दे रही थी, और दसरी तरफ अखिला भी मजबूर था जो

अर्श के इतने करीब होकर भी वो उस कभी उस काफस से कभी आजाद नहीं कर, वह कभी कभी आजाद नहीं कर रहा था क्या इतना एक दसरे से डर रहने पर मजबूर कर रही थी, और अर्श खुद को इतना मजबूर क्यों कर रहा था मजबूर था वो उस वक्त दर्द की हर एक रिवायत को झेलने के लिया? एक कुछ ही दिन बाद ये खबर पूरे कटालिया नगर में फेलायी गई की राजा राम प्रताप ने ये आदेश दिया है की अर्श को पूरे कटालिया नगर के लोगे के समान आग की लैपटॉप उसके हर एक आंग के टुकड़े के लिए बिल्कुल ठीक थी जिस्की वजाह सेह सयाद अखिल राजा राम लखन प्रताप की नजरों के सामने था, पर ये बातें में सच में हकीकत थी ये बात भी उस वक्त किशि को सही तो वो एक आइश क्रोध के कफस में टैप रहा था जिस्की और सयाद कटालिया नगर को बरबाद भी कर शक्ति थी, जैश ही ये खबर और ये हकीकत अखिल को पता चली, नगर पर उसे जानने कटालिया के लिए उसे राज कुमारी कावेरी को बंधी बना लिया वो भी एक खाते के सहे, वो कहते हैं न कुछ रास्ते सीधे दिखते तो है पर कभी सीधे होते नहीं, प्रति इतने से ये सारे गए क्या? एन सब के बाद जैसे ही वह आता है राजा राम प्रताप को पता चली, उसने उस वक्त ये सोच लिया था की अगर राजकुमारी कावेरी को एक छोटी शि खारोच भी आई तो वो अर्श की हट कर दूंगा,मैं और इशी नफ़रत की कह में अखिल ने भी ये सोच लिया था की अगर उसके मित्र को अब एक छोटी शि भी खारोच आई तो वो राजकौमारी की हत्या कर दूंगा, अब एक ऐसी शुरुआत की यहां भी कभी पास में हूं जिन्के पास हटयार नहीं थे वो भी मजबूर थे, क्योंकि अकेले के राजा राम लखन परताप की कमजूरी थी और राजा राम प्रताप के पास अखिल की, अब दोनो एक ही सीमा पर थे और देखा एक उनके बदले इस से पहले ये जंग और आगे बढ़ती बगला के राज्य के उस वक्त कटालिया नगर पर हमला कर दिया था, मतलाब जिश फलकी की बात कुछ वक्त के दो तरफा हो चुकी थी अब उसमें फिरत ही एक उसके अंदर फना की सवल की कफस और है की अगर राजकुमारी कावेरी को वो उन के महल से बंधी बना स्काटा था तो उस वक्त उसे अर्श को उस काफस से मौजूद क्यों नहीं किया, ठीक अर्श की किश उससे भी इसमें शामिल है इंकार कर रही है।, और अब एन

सब के बाद कौन शि फाना कटालिया नगर पर आने वाली है, और क्या अखिल कभी अपने मित्र को राजा राम प्रताप की कफस से आजाद करवा पायेगा? कौन राजकुमारी कावेरी क्या सच में अखिल से प्यार करता था कि इसे पीछे भी कोई रंजिश शममिल थी, और अखिल को ये बात पता थी तो वो अर्श को बचाने क्यों नहीं आया, हमसे कोई अर्श कह ही वह चला गया, और बहुत अर्श ने अखिलिया से ये क्यों कहा की राजकुमारी उसका इंतजार कर रही है? क्योंकि वो तो वह थी ही नहीं और न ही उसका इंतजार कर रही थी? और अर्श अगर खुद को उस काफस से आजाद कर सकता था तो वो तक बंधी क्यों है, और उसके वजूद की हर एक रिवायत पिन्हान क्यों है? और जिश स्वाल की कहत हर किशी को परशान कर रही है वो ये है की क्या अखिल अब अपने मित्र की रक्षा कर पाएगा?

cक्या वो उश काफस से रिहा करने में कामया हो पायेगा ये दोनो अपने पिता की ही तरह ही साथ में उस कबर की रिवायत में मशहूर हो जाएंगे जिस्की सैफरीश खुद खुदा के चौकथ सेह।

<blockquote>
"

वो कहते हैं

है नफ़रत

की शुरुआत

भले

ही

एक तरफा

हो

पर

फन्ना

डोनों हिस्से

में एक

जैंशी

ही मिल्टी है......."
</blockquote>

"

वफ़ा से बेवफ़ा मिलिश
हाय
जिन्हे अपना मानता था
अपने से दूर
में दर्द
की रिहाई
मिली
और लोग कहते हैं
मेरे कोई अपना
नहीं ईश जमाने
में (2)
तो मैंने कहा
में तो एक मुसाफिर
हुन
इशलिये
मेरे यारी
की कोई
कहानी नहीं है..

"

कुछ - कुछ ऐसी भी होती है जैसी है तो शुरुआत तय है और न ही अंत फिर भी वो यादियों में ईश कादर मशहूर हो जाती है। की कोशिश नहीं कर सकते।

जीवन का मित्र

एक दोस्त की कोई पहचान नहीं होती वो किशी भी रूप में किशी भी आदर्श में आपके साथ रहता है, जब भी आपको उसकी जरूरी हो और वो आपके साथ उस वक्त दे तो मुकमाल उससे बड़ी मोहब्बत आपकी जिंदगी में दुआ नहीं आ सकतीमेरी जिंदगी में आइश लम्हे बहुत कम है पर मुझे उम्मीद है नकी आपकी जिंदगी में ऐसी कमी नहीं होनी चाहिए,और अगर हो भी तो खुद से बड़ा दोस्त ईश जिंदगी आप सब को कभी नहीं मिलने वाली तो पहले खुद को अपना बनाना फिर जिंदगी को.........